KB242150

1판 1쇄 인쇄 2025년 8월 7일
1판 1쇄 발행 2025년 8월 28일
발행처 (주)서울문화사 | **발행인** 심정섭
편집인 안예남 | **편집팀장** 최영미 | **편집** 허가영
출판마케팅 홍성현, 김호현 | **제작** 정수호
출판등록일 1988년 2월 16일 | **출판등록번호** 제2-484
주소 서울시 용산구 새창로 221-19
전화 02)791-0708(판매), 02)799-9186(편집)
디자인 박수진 | **인쇄** 에스엠그린
ISBN 979-11-7371-453-5
       979-11-6923-823-6(세트)

산리오캐릭터즈
그림찾기사전

서울문화사

캐릭터 소개

♥ 헬로키티 ♥

- ♥ 생일: 11월 1일
- ♥ 태어난 곳: 영국 교외
- ♥ 좋아하는 음식: 엄마가 만들어 준 애플파이
- ♥ 좋아하는 것: 피아노 연주, 쿠키 만들기

♥ 마이멜로디 ♥

- ♥ 생일: 1월 18일
- ♥ 태어난 곳: 마리랜드에 있는 숲
- ♥ 좋아하는 것: 엄마와 함께 쿠키 굽기
- ♥ 좋아하는 음식: 아몬드 파운드케이크

- ♥ 생일: 10월 31일
- ♥ 매력 포인트: 검은색 두건과 핑크색 해골
- ♥ 취미: 일기 쓰기
- ♥ 좋아하는 색: 검은색

- ♥ 생일: 3월 6일
- ♥ 특기: 큰 귀로 하늘을 나는 것
- ♥ 취미: 카페 테라스에서 낮잠 자기
- ♥ 좋아하는 것: '카페 시나몬'의 시나몬롤, 코코아

- ♥ 생일: 4월 16일
- ♥ 취미: 신발 모으기
- ♥ 특기: 낮잠, 누구든지 친해지는 것
- ♥ 좋아하는 음식: 우유, 푹신푹신한 것,
  엄마가 만들어 주는 푸딩

♥ 포차코 ♥

- ♥ 생일: 2월 29일
- ♥ 매력 포인트: 아기 똥배
- ♥ 취미: 걷기, 놀기
- ♥ 좋아하는 음식: 바나나 아이스크림

♥ 한교동 ♥

- ♥ 생일: 3월 14일
- ♥ 취미: 한교동 굿즈 모으기
- ♥ 특기: 사람들을 즐겁게 하기
- ♥ 성격: 외로움이 많은 로맨티시스트

♥ 케로케로케로피 ♥

- ♥ 생일: 7월 10일
- ♥ 좋아하는 것: 모험
- ♥ 특기: 노래와 수영
- ♥ 성격: 활기찬 성격에 도넛 연못의 인기쟁이

♥ 턱시도샘 ♥

- ♥ **생일:** 5월 12일
- ♥ **체형:** 허리, 가슴, 엉덩이 모두 100cm
- ♥ **성격:** 먹는 것을 좋아하는 멋쟁이 펭귄
- ♥ **특기:** 영어

배드바츠마루

- ♥ **생일:** 4월 1일
- ♥ **태어난 곳:** 하와이의 오아후섬
- ♥ **성격:** 장난을 좋아하는 심술꾸러기
- ♥ **꿈:** 사장이 되는 것

리틀트윈스타

- ♥ **생일:** 12월 24일
- ♥ **취미:** 키키 – 별 낚시, 물건 만들기
  라라 – 그림 그리기, 시 쓰기
- ♥ **태어난 곳:** 꿈 별 구름의 배려하기 별

 이 책의 구성

1 초성, OX 퀴즈 등
다양한 퀴즈를 풀어요.

 **9** 헬로키티를 따라 **리본**을 단
친구는 **타이니참**이에요.

알맞은 그림자를 찾아 동그라미 하세요.

힌트 헬로키티를 좋아해서 무엇이든 따라 해요.
헬로키티 가족과 함께 살고 있지요.

26   27

2 '힌트'를 보고
정답을 맞혀요.

3 다양한 그림 찾기
놀이를 해요.

차례

같은 그림 찾기

모양이 둥글고, 색깔이 다양한 꽃은?

빨간 동그라미를 따라 헬로미미에게 가 보세요.

출발

힌트
네덜란드에서 많이 자라는 꽃으로,
색깔이 화려하고 아름다워요. 봄에 주로 핀답니다.

도착

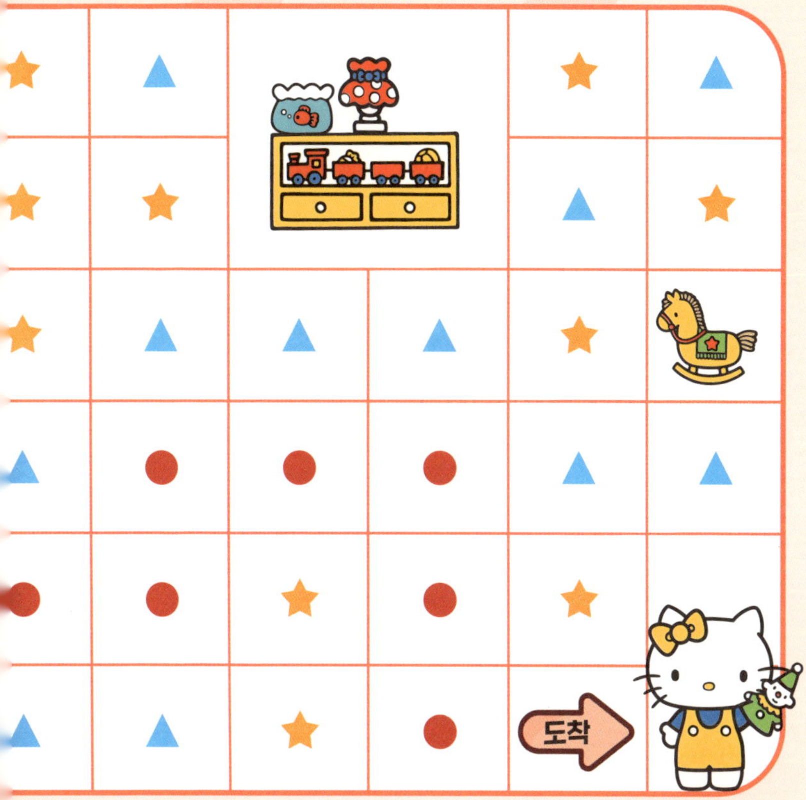

② 설탕으로 만든 달콤한 간식은?

빈칸에 알맞은 조각을 찾아 동그라미 하세요.

힌트

모양과 맛이 다양해서 사람들이 좋아해요.
설탕에 과일 등 여러 가지 재료를 넣어 만들지요.

사탕 vs 우유

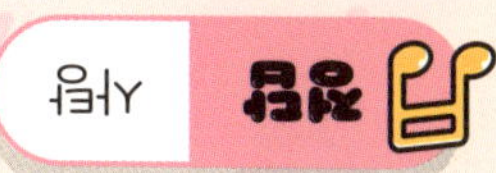

3 원피스는 위아래가 붙어 있는 옷을 말해요.

알맞은 그림자를 찾아 동그라미 하세요.

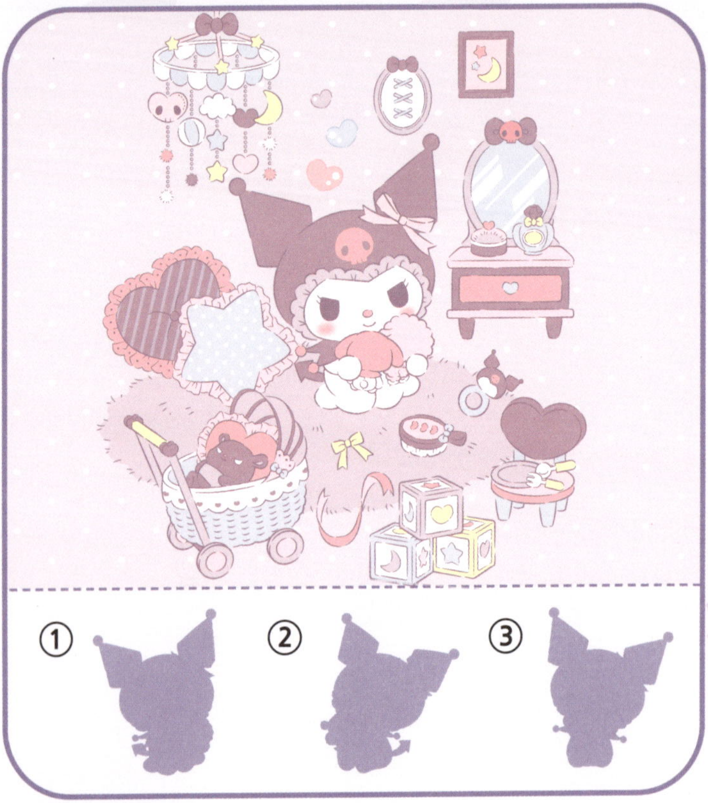

① ② ③

14

①　②　③

 **4 〈이상한 나라의 앨리스〉의 주인공은?**

빈칸에 알맞은 그림에 동그라미 하세요.

①  ②  ③

 **힌트**

주인공은 시계를 든 흰 토끼를 쫓아갔다가 모험을 해요. 몸이 커지거나 작아지기도 하지요.

해결하기

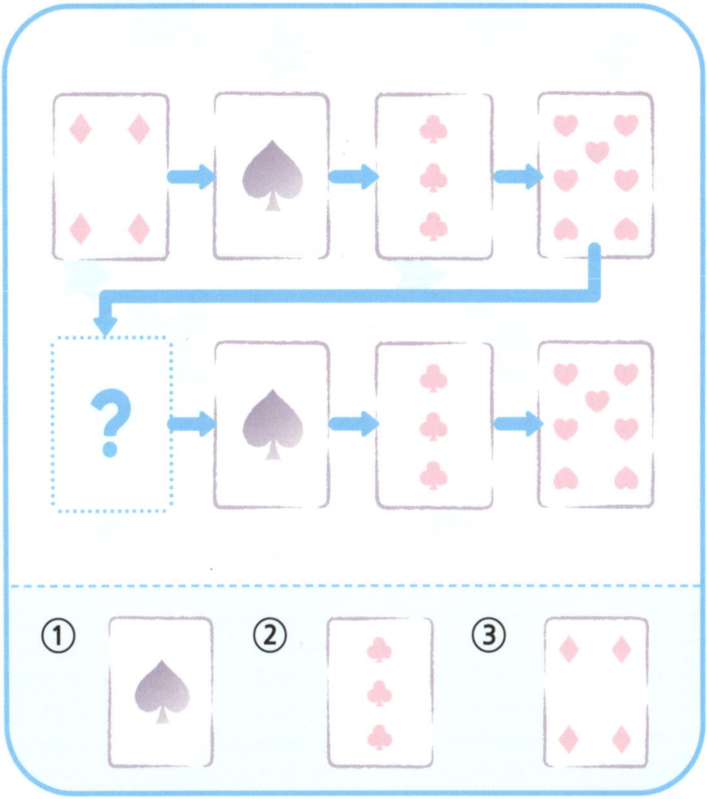

정답

5 음식을 차갑게 보관하는 기계는?

빈칸에 알맞은 조각을 찾아 동그라미 하세요.

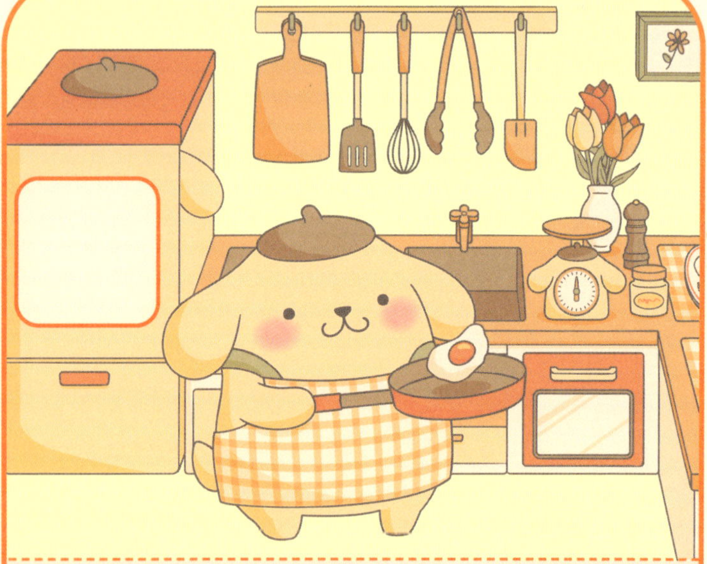

① 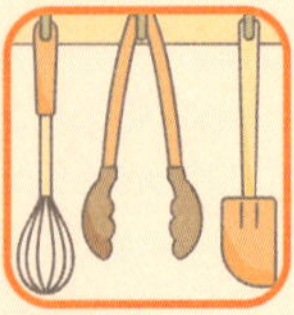

② 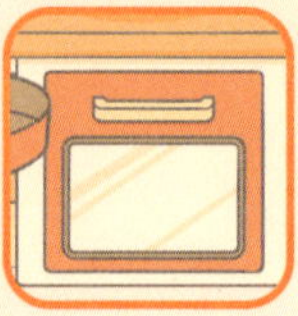

③ 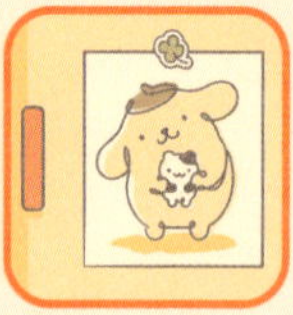

힌트

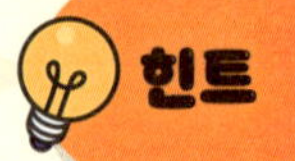

상자처럼 네모난 모양이에요.
음식을 차갑게 만들어서, 오래 보관할 수 있어요.

청소기 vs 냉장고

라디오로 친구와 대화를 나눌 수 있어요.

알맞은 그림자를 찾아 동그라미 하세요.

① ② ③

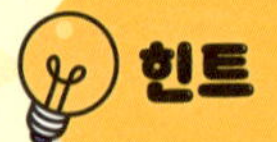

라디오를 통해 노래나 뉴스를 들어요.
요즘은 휴대 전화로도 라디오를 들을 수 있답니다.

① ② ③

 **7** 흔들면 시원해지는 물건은?

순서대로 따라가서 한교동과 사유리를 만나요.

 힌트
종이나 천으로 만들어요. 여러 가지 모양과
색깔로 만들 수 있고, 접었다 펼 수도 있지요.

ㅂ ㅊ

8 꽃에 물을 줄 때 쓰는 물건은?

빈칸에 알맞은 조각을 찾아 동그라미 하세요.

①  ②  ③

힌트 물을 주거나 뿌릴 때 써요. 끝에 구멍이 뚫린 덮개가 있어서 물을 골고루 뿌릴 수 있어요.

물뿌리개 vs 삽

①  ②  ③

헬로키티를 따라 리본을 단 친구는 타이니참이에요.

알맞은 그림자를 찾아 동그라미 하세요.

① ② ③

힌트
헬로키티를 좋아해서 무엇이든 따라 해요.
헬로키티 가족과 함께 살고 있지요.

① ② ③

27

마이멜로디의 보물은?

빈칸에 알맞은 그림에 동그라미 하세요.

힌트 마이멜로디의 할머니가 만들어 준 귀여운 물건이에요. 머리에 쓸 수 있답니다.

 사람 대신 복잡하고 어려운 일을 하는 기계는?

빈칸에 알맞은 조각을 찾아 동그라미 하세요.

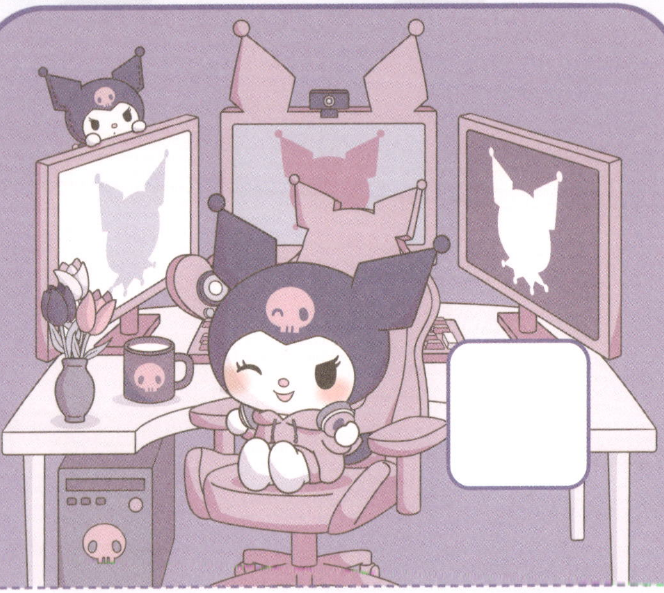

① 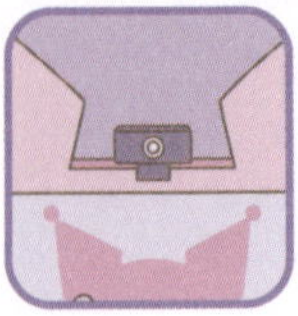 ② 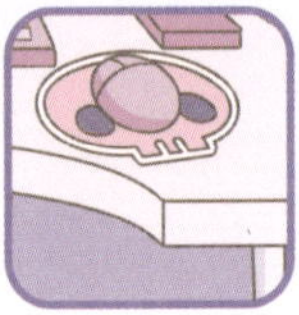 ③

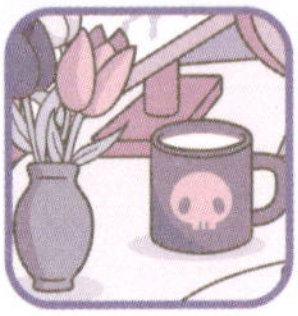

 **힌트**

복잡한 식을 빠르게 계산하거나 자료를 정리할 수 있고, 게임을 할 수도 있어요.

꽃병 vs 컴퓨터

12 풍선에 헬륨을 넣으면 하늘로 둥둥 떠올라요.

알맞은 그림자를 찾아 동그라미 하세요.

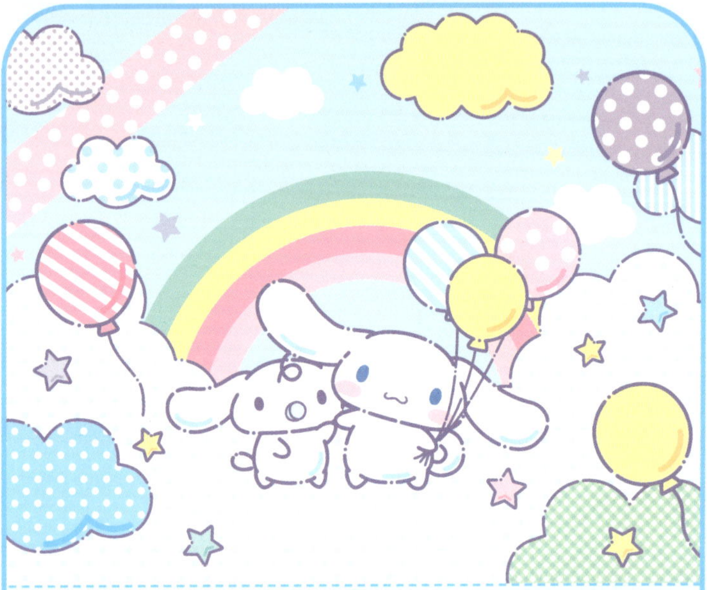

① ② ③

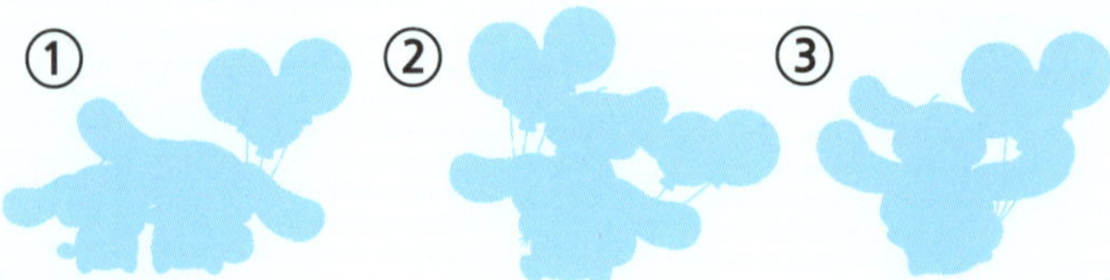

풍선은 얇은 고무에 공기나 가스를 넣어 만들어요.
풍선에 공기를 넣으면 뜨지 않는답니다.

알맞은 시나모롤의 그림자를 찾아 동그라미 하세요.

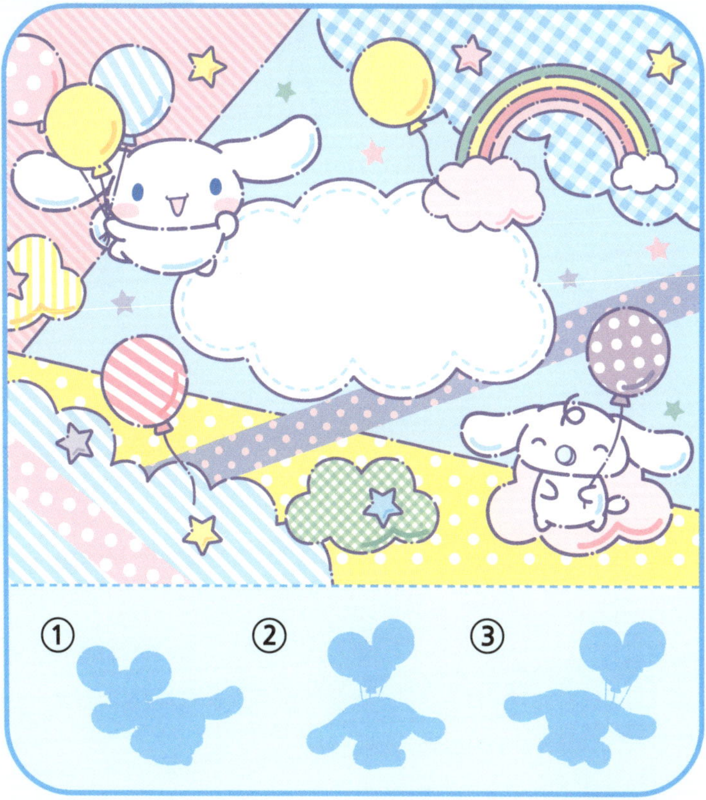

① ② ③

13 산이나 바다에서 텐트를 치고 노는 것은?

순서대로 따라가서 폼폼푸린을 만나요.

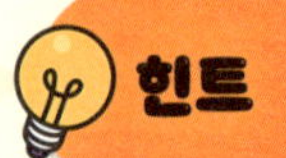
힌트

자연에서 자고, 먹고, 노는 활동이에요.
가족이나 친구와 함께하면 더 재미있지요.

순서 🐭 ➡️ 🐱 ➡️ 🐹

도착

14 생일에 먹는 달콤한 빵은?

빈칸에 알맞은 조각을 찾아 동그라미 하세요.

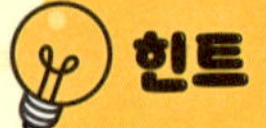

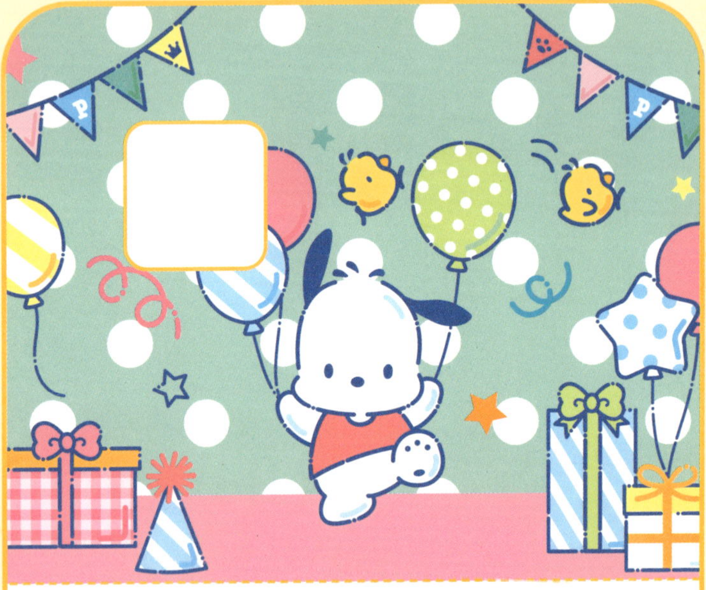

①

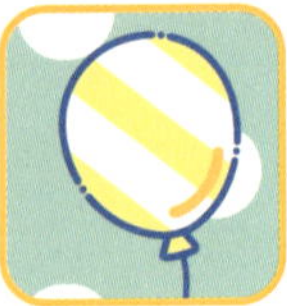

②

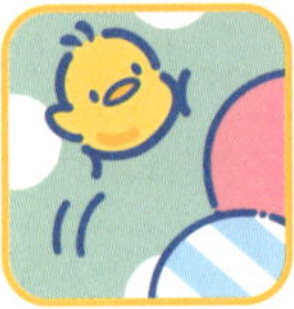

③

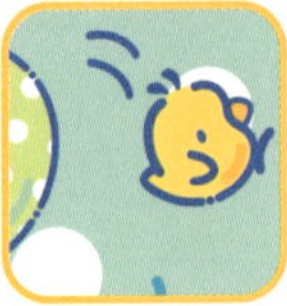

힌트 빵 위에 크림과 과일, 초콜릿 등을 올려 꾸며요.
축하할 일이 있을 때 먹는답니다.

케이크 vs 식빵

①  ②  ③

청소는 더러운 곳을 깨끗하게 만드는 일이에요.

알맞은 그림자를 찾아 동그라미 하세요.

① ② ③

바닥을 닦고, 빨래를 하고, 쓰레기를 버리는 일이에요. 하고 나면 기분이 좋아지지요.

① ② ③

 **16 가운데에 구멍이 뚫린 모양의 간식은?**

케로케로케로피와 함께 초콜릿 도넛을 모아요.

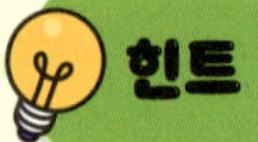

기름에 튀기거나 오븐에 구워 만들어요.
전 세계 사람들이 좋아하는 간식이랍니다.

Kerokerokeroppi

도착

페달을 밟으면 앞으로 나가는 탈것은?

빈칸에 알맞은 조각을 찾아 동그라미 하세요.

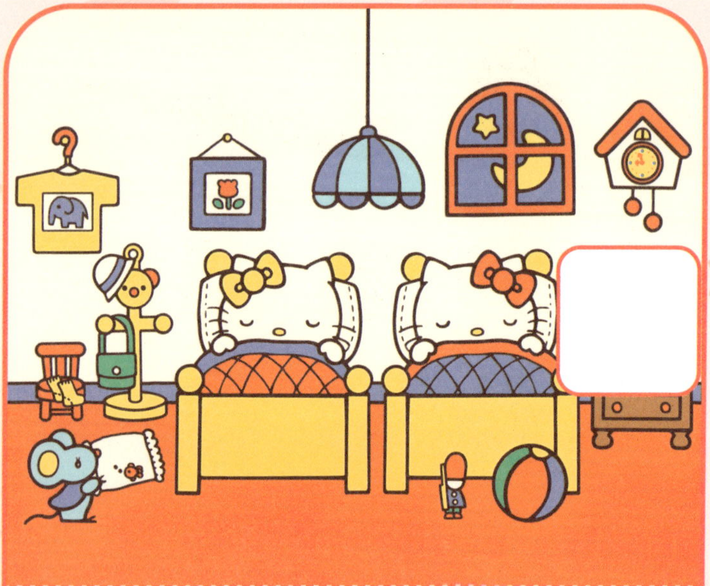

① ② ③

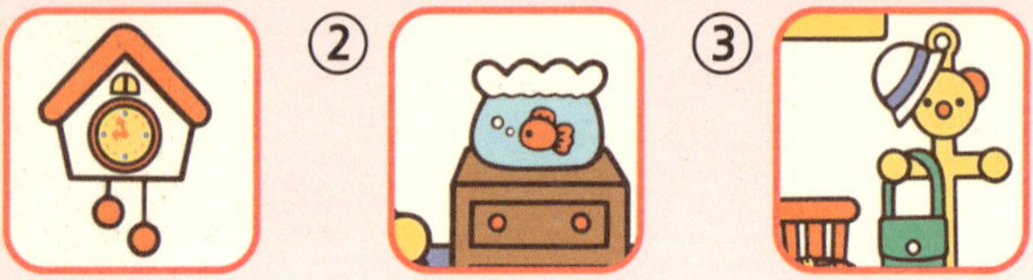

힌트

바퀴가 여러 개인데, 페달을 밟으면 바퀴가 돌아가요. 헬멧을 꼭 쓰고 타야 해요.

자전거 vs 비행기

18 마이멜로디의 가족은 6명이에요.

알맞은 마이멜로디의 그림자를 찾아 동그라미 하세요.

힌트 마이멜로디의 가족은 할머니와 할아버지, 엄마와 아빠, 남동생 리듬이에요.

알맞은 리듬의 그림자를 찾아 동그라미 하세요.

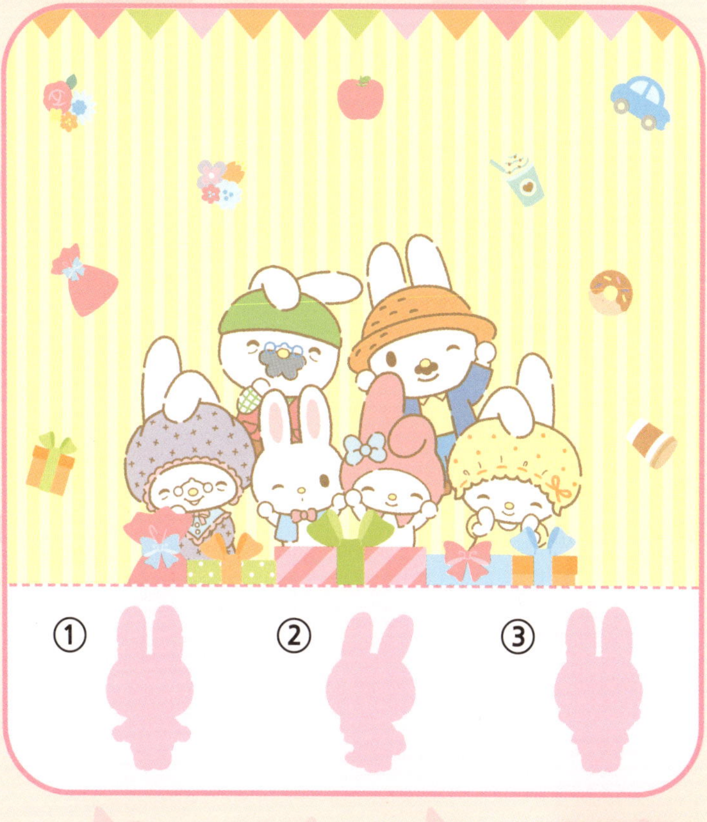

① ② ③

19 무도회에 갔다가 유리 구두를 떨어뜨린 사람은?

순서대로 따라가서 쿠로미를 만나요.

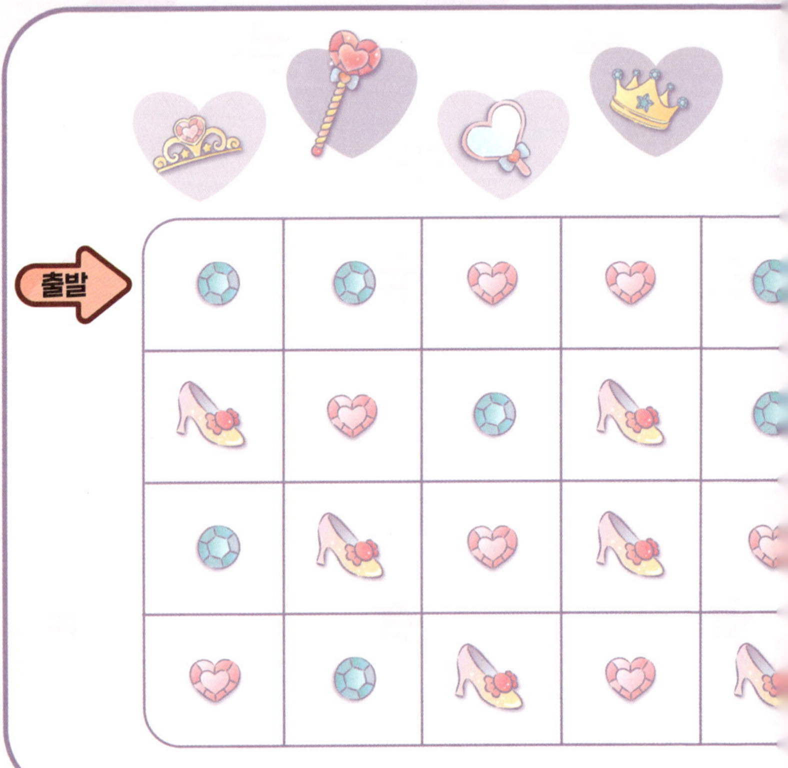

출발

힌트

새엄마와 의붓언니들이 괴롭혔지만,
요정의 도움으로 무도회에 갈 수 있었어요.

순서 🔵 → 👠 → 💗

도착

20 창문에 달아서 햇빛을 가리는 물건은?

빈칸에 알맞은 조각을 찾아 동그라미 하세요.

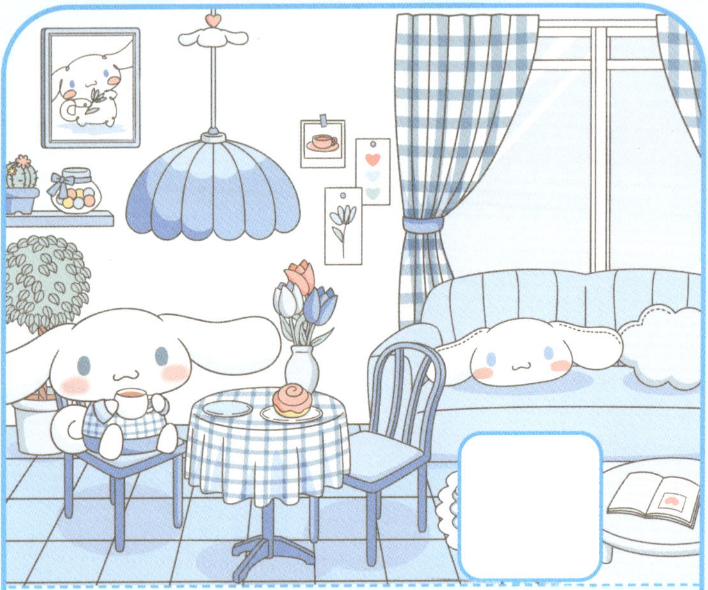

① 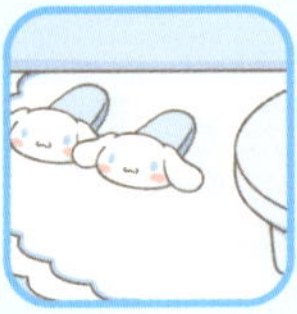 ② 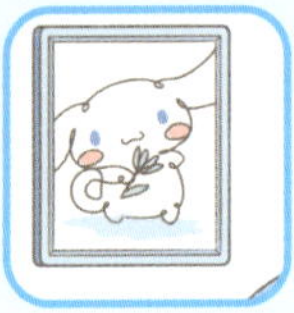 ③

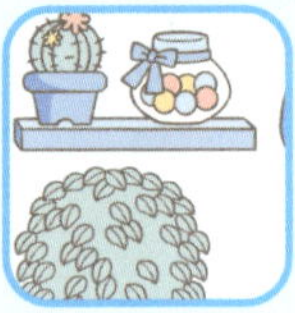

밤에 밖에서 집 안이 보이지 않게 하려고 달기도 해요. 창문에 다는 옷이라고 할 수 있답니다.

커튼 vs 소파

① 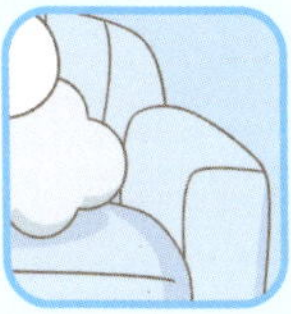 ②  ③

 **어린이**가 처음 다니는
학교는 **유치원**이에요.

알맞은 그림자를 찾아 동그라미 하세요.

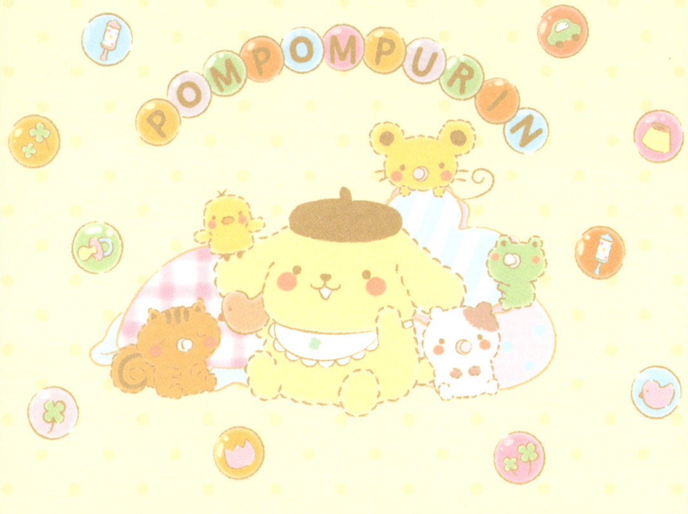

① ② ③

힌트 이곳에서 노래 부르기, 그림 그리기, 친구들과 함께
노는 방법 등을 배울 수 있어요.

① ② ③

햇빛과 자외선을 차단할 수 있는 안경은?

순서대로 따라가서 포차코를 만나요.

색깔이 있는 안경알로 만든 안경이에요.
강한 햇빛으로부터 눈을 보호할 수 있지요.

순서 

23 밀가루 반죽에 재료를 넣어 만드는 음식은?

빈칸에 알맞은 조각을 찾아 동그라미 하세요.

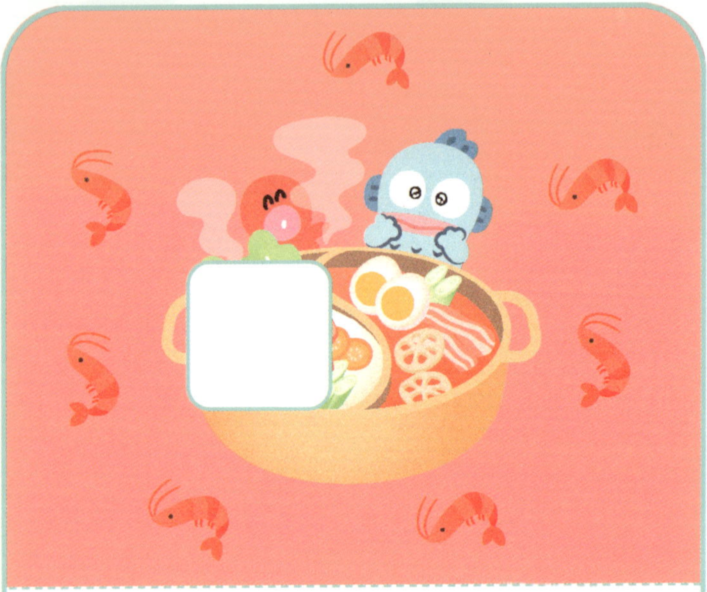

① 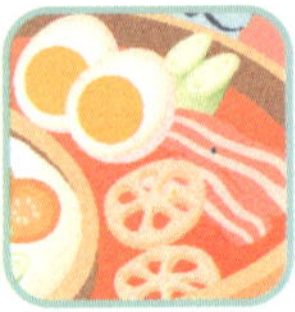 ② 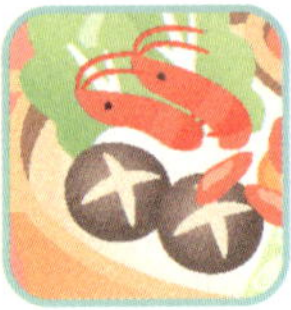 ③

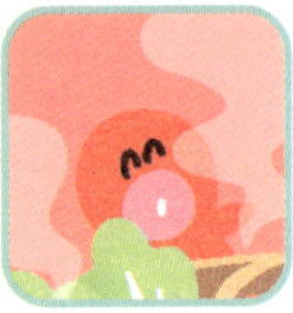

밀가루 반죽에, 고기나 야채로 만든 재료를 넣어 만들어요. 찌고, 굽고, 물에 넣어 끓여 먹는답니다.

꽈배기 vs 만두

금주 정답

 **24** ## 태어난 것을 기념하는 날은 생일이에요.

알맞은 그림자를 찾아 동그라미 하세요.

① ② ③

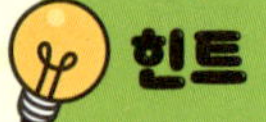 **힌트**

우리가 세상에 태어난 소중한 날이에요.
그래서 가족이나 친구들과 함께 축하하지요.

① ② ③

Toot!
Toot!

다른 그림 찾기

♥ 놀이 방법 ♥
두 그림을 보고 다른 부분 5곳을 찾아
②에 동그라미 하세요.

1 비가 그친 하늘에서 볼 수 있는 것은?

힌트 빛이 물방울을 만나 꺾이고, 반사되면서 생겨요.
크게 7개 색깔로 구분한답니다.

ㅁ ㅈ ㄱ

식물도 동물도 아닌 '균류' 생물은?

1

 **힌트**

축축하고 어두운 곳에서 자라요.
식물이 아니기 때문에 잎과 꽃, 뿌리가 없지요.

버섯 정답

3 더러워진 옷을 깨끗하게 만드는 기계는 세탁기예요.

①

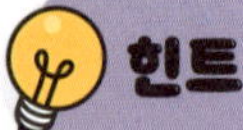

힌트

옷이나 이불을 깨끗하게 씻어 주는 기계예요.
물과 세제를 사용하지요.

세상에 대해 궁금한 것을 직접 알아보는 사람은?

1

힌트 실험과 관찰을 통해 답을 찾아요. 호기심이 많은 사람에게 잘 어울리는 직업이랍니다.

ㄱ ㅎ ㅈ

2

작고 단단한 공을
방망이로 치는 경기는?

1

힌트 9명이 한 팀이에요. 공을 방망이로 힘껏 치고,
재빨리 달려서 점수를 내지요.

농구 vs 야구

6 함께 놀고, 서로 마음을 나누는 사람은 친구예요.

1

 힌트

같이 있으면 즐겁고, 힘들 때 도와줘요.
서로를 믿고 아끼는 사람을 이렇게 부른답니다.

2

7 경기를 할 때 선수들을 응원하는 사람은?

1

💡 **힌트** 음악에 맞춰 멋진 춤을 추면서, 선수들과 경기를 보는 사람들 모두를 즐겁게 해요.

ㅊ ㅇ ㄹ ㄷ

②

과일나무를 많이 심은 밭은?

힌트 사과나무와 포도나무처럼 열매를 맺는 나무가 잘 자랄 수 있도록 관리해요.

과수원 vs 운동장

2

빨간 열매에 작은 씨가 많은 과일은 포도예요.

1

힌트

털이 부드럽고,
'야옹' 하고 우는 동물은?

1

힌트

스스로 몸을 핥아 털을 고르는 '그루밍'을 해요.
전 세계적으로 사랑받는 동물이랍니다.

2

정답 고양이

 **11**

벽이나 건물에 그림을 그리는 예술은?

1

힌트 벽에 그리는 거리 예술로, 알록달록한 색깔의 페인트나 마커로 멋진 작품을 만들어요.

② 

서핑은 바다에서 파도를 타는 놀이예요.

힌트

파도가 오면 서핑보드에 서서 미끄러지듯 움직여요.
구명조끼 같은 안전 장비를 꼭 입어야 해요.

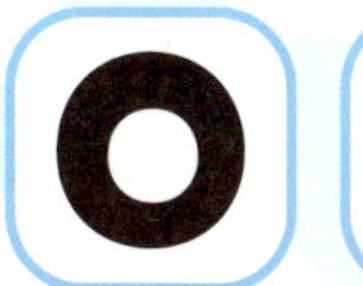

2

정답

매년 10월 31일, 유령을 쫓는 축제는?

1

ㅎ ㄹ ㅇ

②

밤하늘에서 밝게 빛나는 둥근 것은?

1

힌트
동그란 모양이지만, 매일 모습이 조금씩 달라져요.
가늘게 보일 때는 '초승달'이라고 부른답니다.

달 VS 해

정답 달

15 노란 바나나를 까면 하얀 알맹이가 나와요.

1

힌트

부드럽고 달콤한 맛이 나는 과일이에요.
동그란 과일들과 달리 길쭉한 모양이지요.

2

16 정장을 입은 것처럼 등이 검은색인 동물은?

17 옥수수 알갱이를 뜨겁게 데워서 만드는 음식은?

힌트 바삭바삭하고 맛있는 간식이에요. 사람들은 영화관에서 영화를 볼 때 이것을 먹어요.

팝콘 vs 케이크

2

볼펜으로 쓴 글씨는 지우개로 지울 수 있어요.

1

💡 힌트

연필로 쓴 글을 지울 때 지우개가 필요해요.
연필은 썼다 지울 수 있기 때문에 인기가 많지요.

2

19 귀에 쓰는 큰 스피커는?

1

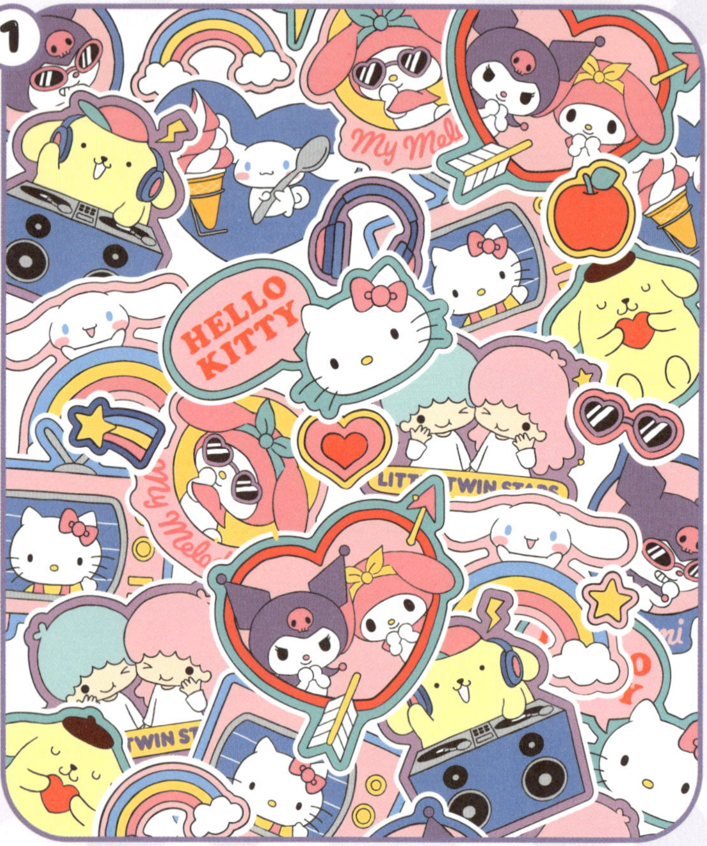

힌트 귀를 덮는 2개의 스피커와 머리 위에 띠처럼 연결된 부분이 있어요. 음악을 들을 때 쓴답니다.

ㅎ ㄷ ㅍ

윗그림
정답

포차코와 친한
세 쌍둥이 병아리 자매는?

1

힌트 피요, 피코, 피푸를 함께 이렇게 불러요.
포차코의 꼬리에 매달리는 것이 취미지요.

피짱즈 vs 밀크

2

21 우유와 설탕을 얼린 달콤한 음식은 아이스크림이에요.

1

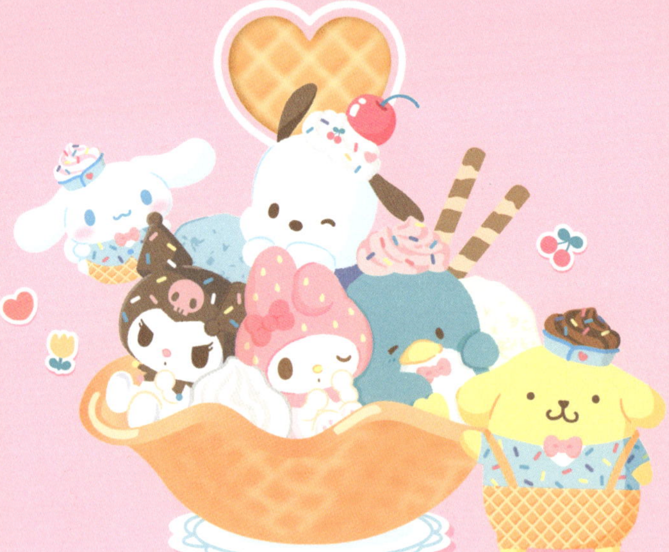

힌트

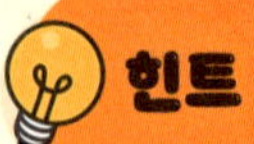

다양한 재료를 넣어 만들어요. 시원하고 맛있지만, 많이 먹으면 배탈이 날 수 있어요.

2

가을에 나뭇잎 색깔이 바뀌는 현상은?

힌트

여름에 초록색이던 나뭇잎은 가을에
빨간색, 주황색, 노란색으로 물든답니다.

ㄷ ㅍ

23 앉거나 누워서 쉴 수 있는 푹신한 의자는?

1

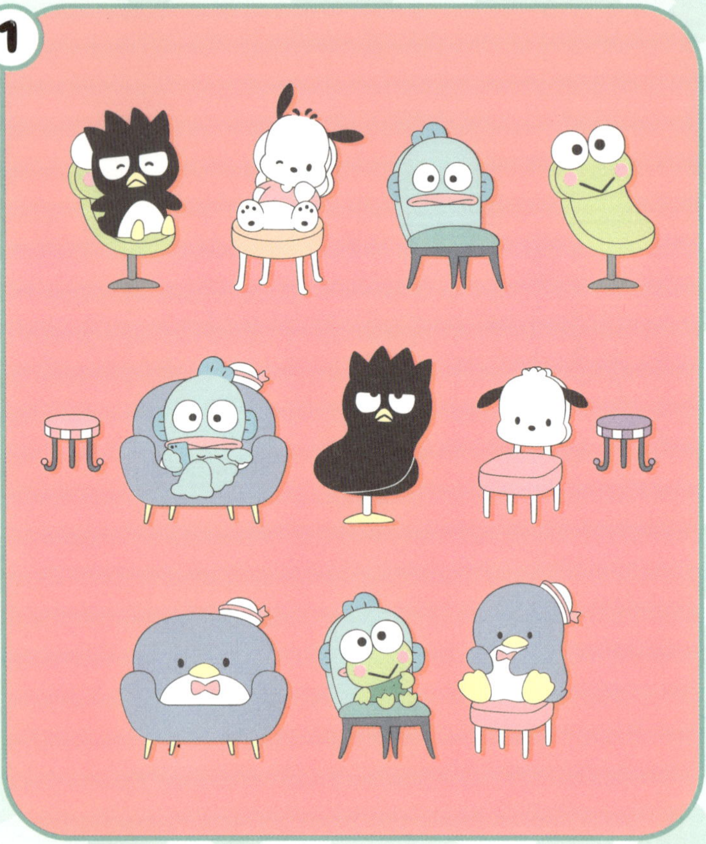

힌트 여러 사람이 함께 앉을 수 있고, 편하게 쉴 수 있어요. 거실에 놓고 가족들이 함께 앉지요.

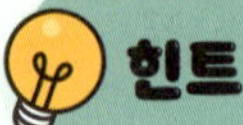

2

장미의 줄기에는 날카로운 가시가 있어요.

힌트

예쁘고 향기가 좋아서 선물할 때 많이 써요.
가시에 찔리지 않도록 조심해야 해요.

2

붓으로 그림을 그릴 때 쓰는 색칠 도구는?

힌트

여러 색을 섞어서 새로운 색깔을 만들 수 있어요.
수채화, 아크릴 등 종류가 다양해요.

잘 때 입는 옷은?

💡 **힌트**
잘 때 입는 편하고 부드러운 옷이에요.
땀을 잘 흡수하는 재질이 좋답니다.

잠옷 vs 겉옷

2

마음을 표현할 때 주는 물건을 선물이라고 해요.

1

힌트

고맙고 사랑하는 사람에게 주는 특별한 물건이에요.
친구의 생일에도 마음을 담은 이것을 주지요.

O X

2

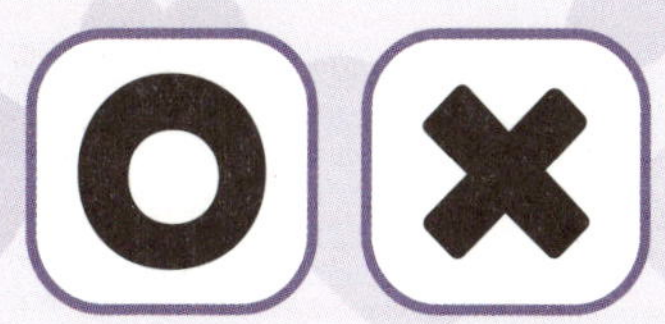

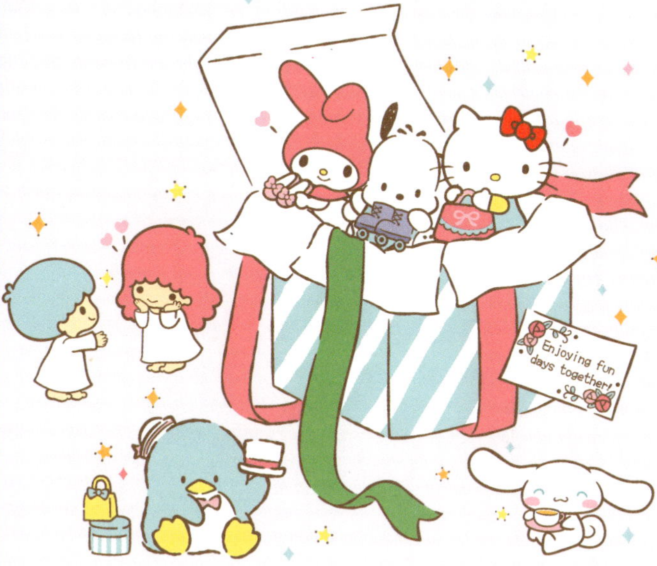
Enjoying fun
days together!

정답 ○

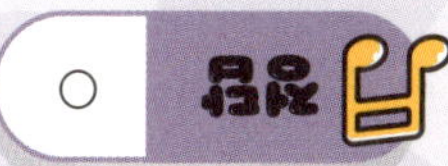

28 한 건물 안에 여러 가게가 모여 있는 장소는?

💡 힌트 옷과 신발, 장난감, 책 등 여러 가지 물건을 한곳에서 모두 살 수 있어서 편리해요.

② 

29 새콤달콤한 맛이 나는 주황색 과일은?

힌트 공처럼 동그랗게 생겼어요. 두꺼운 껍질을 벗기면 여러 개의 작은 조각이 나오지요.

사과 vs 오렌지

2

천사는 하얀 옷을 입고 날개를 달고 있어요.

힌트

하늘에 사는 특별한 존재로, 착한 사람들을 지키고 도와준다고 해요.

2

숨은 그림 찾기

♥ 놀이 방법 ♥

그림에서 보기 속 물건을 찾아
동그라미 하세요.

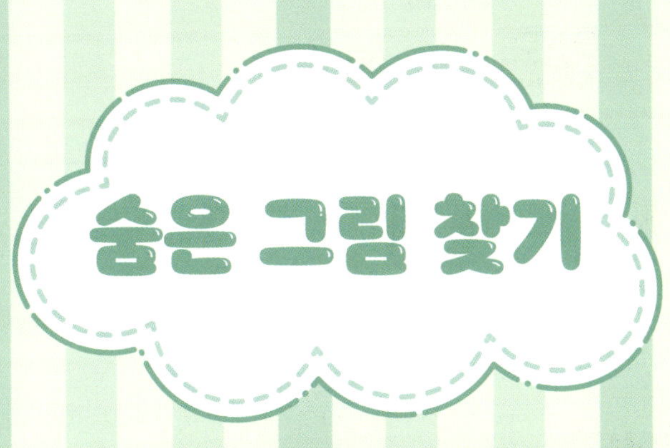

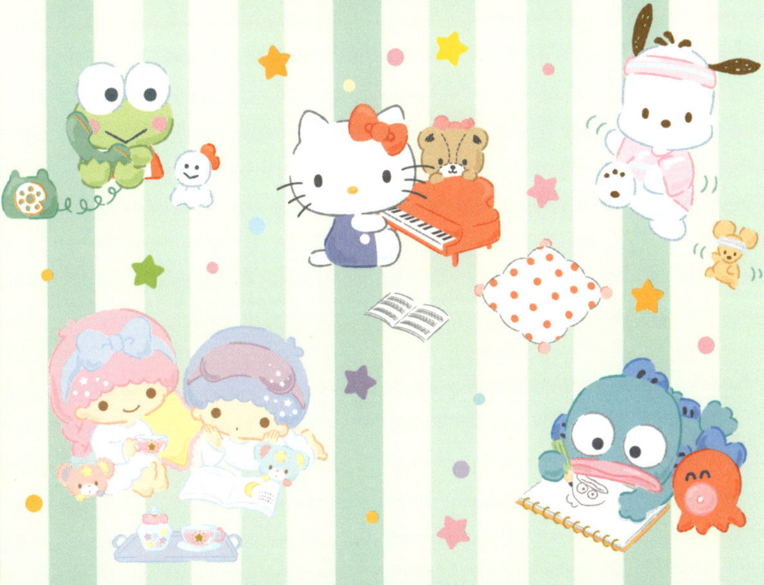

1 재미있는 놀이기구가 많은 장소는?

ㄴ ㅇ ㅇ ㄱ ㅇ

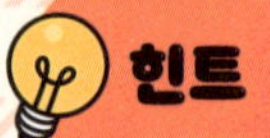

힌트 회전목마와 관람차 같은 놀이기구가 많아요.
공연도 하고, 맛있는 간식을 팔지요.

보기

록이운공 **정답**

POPcorn

겉이 딱딱하고
뾰족뾰족한 과일은?

파인애플 vs 체리

 **힌트** 딱딱한 껍질을 벗겨 먹어요. 새콤달콤한 맛이고, 주스나 통조림으로도 많이 먹어요.

보기

룹애이ㅓㅍ 정답

 **3** 크기가 작은 케이크를
컵케이크라고 불러요.

 O  X

 **힌트** 작은 컵으로 재료의 무게를 쟀기 때문에 이렇게
부르게 되었어요. 크림 등으로 예쁘게 장식해요.

4 줄타기, 마술 등 다양한 묘기를 볼 수 있는 곳은?

ㅅ ㅋ ㅅ

힌트 공중에서 그네를 타거나 물건을 높게 던졌다 받기도 해요. 큰 천막이나 공연장에서 열리지요.

보기

정답 서커스

SANRIO CHARACTERS

5 하얗고 **말랑말랑한** 과자는?

코코아 vs 마시멜로

힌트 설탕과 물, 젤라틴을 섞어 만들어서 달콤하고 폭신폭신해요. 꼬치에 꽂아 구워 먹기도 해요.

6 전구는 빛을 내는 조명이에요.

 **힌트** 전기로 빛을 내는 물건이에요. 불빛이 나는 둥근 유리가 전구랍니다. 어두운 곳을 밝혀 주지요.

보기

SANRIO CHARACTERS
M

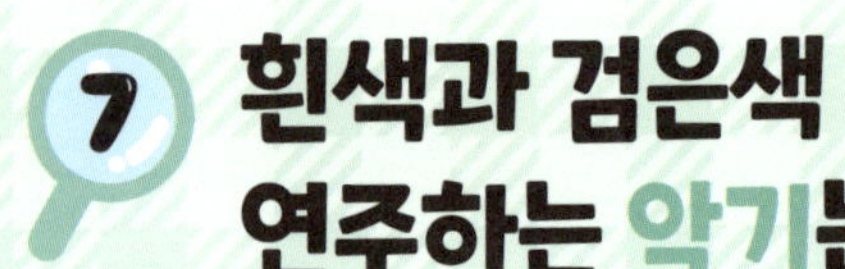

7 흰색과 검은색 건반을 눌러 연주하는 악기는?

힌트 건반을 누르는 위치와 강약을 조절하면서 다양한 멜로디를 연주해요.

정답 피아노

 **8 빵을 만들어 파는 가게는?**

꽃집 vs 빵집

 **힌트** 밀가루에 소금, 설탕 등을 섞은 반죽을 구워서 빵을 만들어요. 종류가 아주 다양하지요.

보기

Sanrio characters

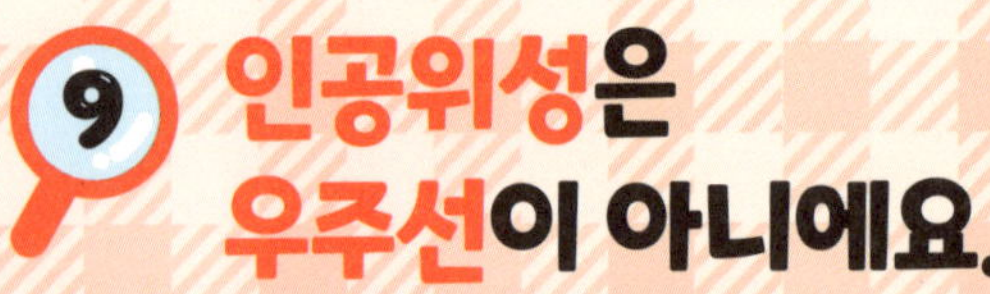

9 인공위성은 우주선이 아니에요.

 **힌트** 우주선은 우주로 날아가기 위해 만들었어요.
사람이 타지 않는 인공위성도 포함된답니다.

 10 다양한 재료로 그림을 그리는 사람은?

힌트 연필이나 물감 같은 다양한 재료로 건물과 사람, 풍경 같은 것을 그려요.

SANRIO CHARACTERS
HELLO KITTY
POMPOMPURIN
LITTLE TWIN STARS
CINNAMOROLL

마법을 쓰는 사람은?

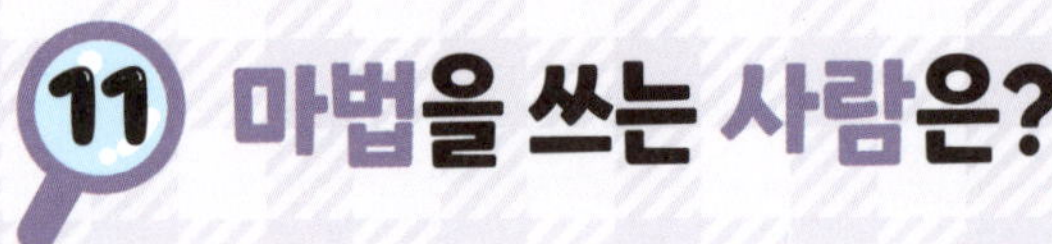

마법사 vs 소방관

💡 **힌트**
주문을 외워 불을 만들거나 하늘을 날기도 해요.
영화에 자주 나오는 멋진 캐릭터랍니다.

보기

정답 마법사

 **12** ## 기타는 줄을 튕겨서 소리를 내요.

 **힌트** 종류에 따라 다르지만 기타의 줄은 보통 6개예요.
각각 다른 높이의 소리를 낸답니다.

SANRIO CHARACTERS

갈색의 달콤한 간식은?

힌트 먹으면 기분이 좋아지고 힘이 나요. 먹고 난 뒤에는 이가 썩지 않도록 양치질을 꼭 해야 해요.

Congratulations

14 조금 부끄럼쟁이인 마이멜로디의 단짝은?

리듬 vs 플랫

정답 플랫

BOOK

15

솜사탕은 설탕으로 만든 간식이에요.

힌트

설탕을 가늘고 길게 뽑아서 솜처럼 뭉쳐 만들어요. 입에 넣으면 사르르 녹는답니다.

 **16**

사람과 어울려 사는 동물은?

 **힌트**

네 발로 걷고 꼬리가 있어요. 크기와 종류가 아주 다양하지요. 사람과 가족처럼 함께 살아요.

정답 강아지

 **17**

머리에 뾰족한 뿔이 달린 상상 속 동물은?

유니콘 vs 하마

 **힌트**

하얗거나 무지개색 갈기를 가지고 있어요.
영화에서 착한 동물로 자주 등장하지요.

보기

정답 ꒱ 곧기ㅇ

SANRIO

18 헬로키티가 가장 좋아하는 음식은 애플파이예요.

 **힌트**

새콤달콤한 사과로 만드는 디저트예요.
헬로키티의 엄마가 이 음식을 잘 만든답니다.

Sanrio characters

 **19** 크면서 꼬리가 사라지는 동물은?

ㄱ ㄱ ㄹ

 **힌트**

올챙이는 꼬리로 헤엄치는데, 시간이 지나면 꼬리가 사라지고 다리가 생겨요.

보기

20 여러 사람이 모여 몸을 씻는 곳은?

목욕탕 vs 교실

힌트 큰 탕이 있어서 뜨거운 물이나 차가운 물에 몸을 담글 수 있어요. 때를 밀기도 하지요.

MILK

 **21** 가수는 **노래**를 부르는 **사람**이에요.

 **힌트**
노래를 부르는 것이 직업이에요.
때로는 춤을 추거나 노래를 만들기도 해요.

보기

22. 사진이나 그림을 끼우는 틀은?

ㅇ ㅈ

힌트

나무나 플라스틱 등으로 만들어요.
이곳에 사진이나 그림을 넣으면 더 멋져 보여요.

보기

정답 아이스

My Melody
Pompompurin
Cinnamoroll
Pochacco
Hello Kitty
Kuromi
Hangyodon

23 금붕어가 사는 곳은?

새장 vs 어항

힌트 금붕어는 알록달록 색깔이 예쁜 물고기예요.
지느러미를 살랑살랑 흔들며 헤엄친답니다.

HELLO KITTY

 **24**

해를 따라 고개를 움직이는 꽃은 해바라기예요.

 **힌트**

주로 노란색 꽃잎을 가지고 있어요.
해를 바라본다는 뜻에서 이렇게 불러요.

MY MELODY

25. 쿠로미가 좋아하는 색깔은?

ㄱ ㅇ ㅅ

우리가 볼 수 있는 색 중에서 가장 어두운 색이에요. 신비로운 느낌을 주기도 하지요.

보기

헤드폰

리본

젤리

책

해골

KUROMI
Kuromi
KUROMI
KUROMI

26 시나모롤이 좋아하는 음료는?

코코아 vs 커피

172

CINNAMOROLL

 **27** 폼폼푸린은 외출을 좋아해요.

 **힌트** 집에서 나와 잠시 밖으로 나간다는 뜻이에요.
산책도 외출에 포함되지요.

POMPOMPURIN

 **28** 물속에서 몸을 움직이는 운동은?

ㅅ ㅇ

 **힌트**
물에서 안전하게 놀 수 있는 멋진 운동이에요.
물에 들어가기 전에는 준비운동을 꼭 해야 해요.

보기

정답 수영

자외선으로부터 피부를 보호하는 크림은?

선크림 vs 립스틱

힌트 자외선을 오래 쬐면 건강에 좋지 않을 수 있어요. 이것을 예방하기 위해 바르는 크림이에요.

테니스는 혼자 하는 운동이에요.

힌트 테니스는 라켓으로 공을 쳐서 상대방과 주고받는 운동이에요. 친구와 함께 할 수 있어서 좋지요.

보기

하늘을 나는 유일한 포유류는?

밤에 주로 활동하고, 낮에는 어두운 곳에 거꾸로 매달려 잠을 자요.

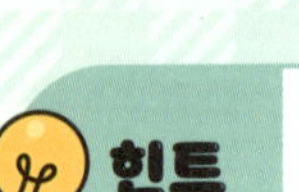
힌트

보기

답 박쥐

SANRIO CHARACTERS

어린이를 위해 만든 재미있는 이야기는?

교과서 vs 동화

 **힌트**
재미있고 교훈적인 이야기가 담겨 있어요.
읽으면서 상상력과 창의력을 키울 수 있답니다.

정답 동화책

 **33** 포차코의 생일은
4년에 한 번이에요.

 **힌트** 포차코의 생일은 2월 29일이에요.
2월 29일은 4년에 한 번씩만 있지요.

 **34** 모든 것을 **끌어당기는** 우주의 구멍은?

힌트

빛까지 빨아들일 수 있어서 검은 구멍처럼 보여요.
그래서 이런 이름이 붙었답니다.

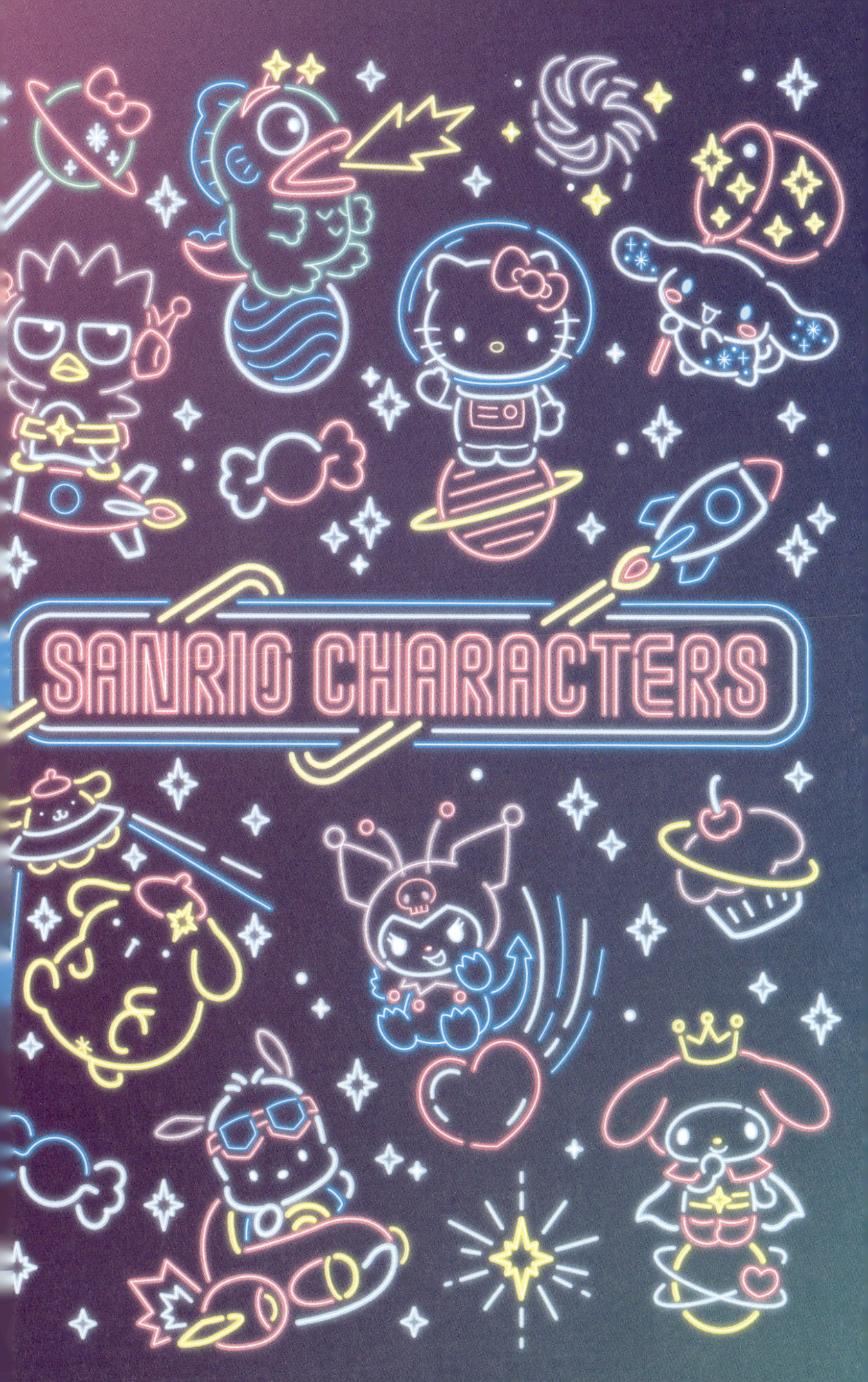
SANRIO CHARACTERS

같은 그림 찾기

10-11p

12-13p

14-15p

16-17p

18-19p

20-21p

⑦ 흔들면 시원해지는 물건은?
ㅂ ㅊ
순서

⑧ 꽃에 물을 줄 때 쓰는 물건은?
물뿌리개 VS 삽
① ② ③
① ② ③

⑨ 헬로키티를 따라 리본을 단 친구는 타이니참이에요.
O X
HELLO KITTY
① ② ③
① ② ③

⑩ 마이멜로디의 보물은?
ㄷ ㄱ
?
?
① ② ③
① ② ③

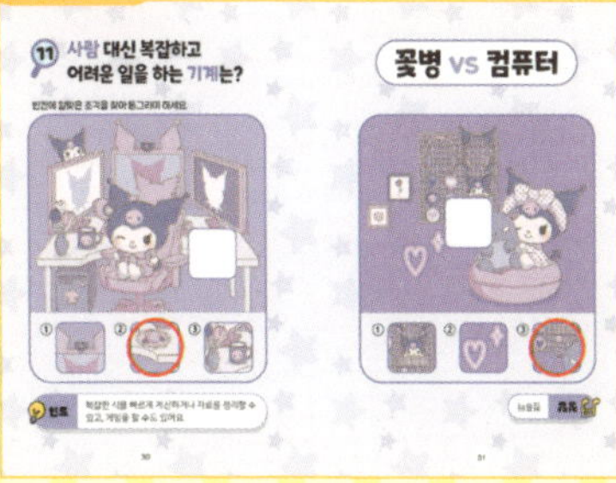
⑪ 사람 대신 복잡하고 어려운 일을 하는 기계는?
꽃병 VS 컴퓨터
① ② ③
① ② ③

⑫ 풍선에 헬륨을 넣으면 하늘로 둥둥 떠올라요.
O X
① ② ③
① ② ③

34-35p

36-37p

38-39p

40-41p

42-43p

44-45p

19 무도회에 갔다가 유리 구두를
떨어뜨린 사람은?

ㅅ ㄷ ㄹ ㄹ

20 창문에 달아서
햇빛을 가리는 물건은?

커튼 vs 소파

21 어린이가 처음 다니는
학교는 유치원이에요.

O X

22 햇빛과 자외선을
차단할 수 있는 안경은?

ㅅ ㄱ ㄹ ㅅ

23 밀가루 반죽에 재료를 넣어
만드는 음식은?

꽈배기 vs 만두

24 태어난 것을 기념하는 날은
생일이에요.

O X

61p
ㅁ ㅈ ㄱ
63p
버섯 VS 장미
65p
O X
67p
ㄱ ㅎ ㅈ

69p
농구 VS 야구
71p
O X
73p
ㅊ ㅇ ㄹ ㄷ
75p
과수원 VS 운동장

77p
O X
79p
ㄱ ㅇ ㅇ
81p
뜨개질 VS 그래피티
83p
O X

85p
ㅎㄹㅇ
87p
달 vs 해
89p
O X
91p
ㅍ ㄱ

93p
팝콘 vs 케이크
95p
O X
97p
ㅎ ㄷ ㅍ
99p
피짱즈 vs 밀크

101p
O X
103p
ㄷ ㅍ
105p
책상 vs 소파
107p
O X

숨은 그림 찾기

155p
157p
159p
161p
Sanrio characters

163p
165p
167p
169p
HELLO KITTY
MY MELODY

171p
173p
175p
177p
KUROMI
CINNAMOROLL
POMPOMPURIN

179p
181p
183p
185p
SANRIO CHARACTERS

187p
189p
SANRIO CHARACTERS

산리오캐릭터즈를 책으로 만나요!

① 수수께끼 사전   ② 속담 사전

③ 한자 사전   ④ 맞춤법 사전

⑤ 재미팡팡 수수께끼 사전 2탄

⑥ 초등 어휘 사전   ⑦ 그림 찾기 사전